CHANSONS

DES AMOURS

DE

JUPITER

ET

D'IO,

Piece nouvelle.

PROLOGUE.

SCENE I.

ARLEQUIN *seul.*

Cette Valise que je porte
Eſt tout le fruit de mes travaux.
Combien de gens de même ſorte,
Soit Gaſcons, ou bien Provenceaux,
Ont de Laquais nombreuſe eſcorte,
Qui jadis portoient des flambeaux.

SCENE II.

ARLEQUIN, SCARAMOUCHE.

SCARAMOUCHE.

Avec plaiſir je te rencontre,
Embraſſe moi, cher Arlequin,
Mon logement eſt icy contre,
Allons y boire un doigt de vin.

SCENE III.

*Pluſieurs Fourbes dévaliſent Arlequin, ce
qui donne lieu à un Jeu Italien des plus comique.*

SCENE IV.

ARLEQUIN, SCARAMOUCHE, PIERROT.

PIERROT.

C'est donc icy la Foire,
Soyez les bien venus,
Quel nombreux Auditoire !
Que je vois de cornus,
Soit dit sans vous déplaire,
Je m'appelle Pierrot,
Et de cet Hemisphere
Peut-être le moins sot.

Ma raison n'est pas sote,
Pesez bien ce Couplet :
Sans connoître Aristote
Je prouve ainsi le fait ;
Ceans pour un peu rire
Vous donnez vôtre argent,
Nous avons de quoy frire,
Vous n'avez que du vent.

SCENE V.

Pierrot, Scaramouche, Colombine font une Scene Italienne.

SCENE VI.

La Marche de l'Opera Comique.

A ij

Mʳ. L'OPERA.

Vous qui vous moquez par vos ris
De ce rare équipage ;
Parmi vous autres beaux efprits,
J'en trouverois je gage,
Qui peut-être n'ont pas compris
Le fens du badinage.

Pour vous expliquer clairement
Ce burlefque myftere :
De maint Financier Sous-Traitant,
Cet Ane eft le confrere,
Puifqu'avec fon riche ornement,
Il ne fçauroit que braire.

PIERROT.

Faffe fon métier qui le fçaura , [*bis*
Laiffons fi l'on veut m'en croire
La Mufique à l'Opera,
Et le Vaudeville à la Foire,
Et chacun réuffira.
Faffe fon metier, &c.

Fin du Prologue.

JUPITER
AMOUREUX D'IO.

<hr>

ACTE PREMIER.
SCENE I.

Mercure arrive porté dans un Chaudron par deux Lutins.

IO fera bien tôt feduite,
   Et fon Amant
Dans ce bois lui rendra vifite
   Secrettement.
Si je remplis ce bel employ
   Avec adreffe,
Jupiter m'a juré fa foy
Que j'aurois une Caiffe.

Je fuis un Dieu d'humeur commode,
   Pour un Galant.
Icy bas on fuit cette mode,
   Sans ce talent,
Dorimene tendroit la main,
   Dans un paffage,
Le vieux Damon vôtre voifin
N'auroit pas d'équipage.

SCENE II.
MERCURE, IO.

SCENE III.
MERCURE & le Dieu PAN.

Ces deux Scenes font des Scenes de Jeu.

SCENE IV.
IO.

Helas ! Que viens-je faire icy ?
Je ne comprens rien à cecy,
    O reguingué, &c.
Ma vertu reffent mille allarmes,
Pleurez mes yeux, coulez mes larmes.

Le grand Jupin m'a fait fçavoir
Qu'il feroit ravi de me voir,
    O reguingué, &c.
Il veut me parler tête à tête,
Son deffein n'eft pas trop honnête.

Que de foucis ! que d'embarras !
Je vais retourner fur mes pas,
    O reguingué, &c.
L'honneur me le dit à l'oreille,
Et la raifon me le confeille.

'Quoy ! des Dieux tromper le Doyen !
Luirefuſer un entretien !
O reguingué ,&c.
La choſe ſeroit ridicule,
C'en eſt fait ; fuyez vain ſcrupule.

S C E N E V.
JUPITER, & IO.

Jupiter arrive ſur un Ane.

JUPITER.
Nymphe qui brillez icy bas.
Vous êtes trop ſevere ,
Ma foy ſi vous ne voulez pas
Un peu me laiſſer faire ,
Je vous jure que de ce pas ,
Je cours à la Galere.

Je ſuis brun , jeune , & vigoureux ,
J'ai ce qu'il faut pour plaire ,
Je ſuis preſſant , & ſavoureux
Dans le tendre myſtere ,
Mon cher Trognon , je vous en veux ,
Terminons cette affaire.

A U T R E.
Nymphe finiſſez vos façons,
Je ne viens point dans ces Vallons
Pour enfiler des perles , eh bien,
Ny denicher des merles , vous ,&c.

Dans une Fille les froideurs
Sont des préjugez bien trompeurs ;
Telle fait la severe, eh bien,
Qui voudroit déja faire, vous, &c.

Amans quels que soient les mépris
Dont vous accablent vos Iris,
Les dédains, les menaces, eh bien,
Ne sont que des grimaces, vous, &c.

SCENE VI.
Junon arrive dans une broüette.

JUNON.

Je veux surprendre mon mari,
 C'est en vain qu'il se cache ;
Le coquin pense être à l'abri
 Avec sa Nymphe Ynache :
Mais fût-il au fonds des Enfers,
 Ou dans la Mer profonde ;
Je parcourrai tout l'Univers,
 Le Ciel, la Terre & l'Onde.

SCENE VII.
JUPITER, IO.

JUPITER.

Malgré vôtre pudeur,
Que vous êtes fringante !
Dites-moi, mon cher cœur,
N'êtes-vous pas contente,
 Et zon, zon.

9

I O.

Vous avez tant d'apas,
Et vous êtes si tendre,
Qu'on ne se lasse pas,
Seigneur, de vous entendre, & zon, zon.

JUPITER.

Brûlons d'une éternelle flamme,
Goûtons les plaisirs les plus doux :
Mais, ô Ciel ! j'apperçois ma femme ;
Adieu Nymphe, songez à vous.

SCENE VIII.
JUNON, IO.

JUNON.

Redoute ma vengeance,
Cesse tes vains regrets ;
Junon, pour telle offense,
Ne pardonne jamais, flon, flon, &c.

JUNON.

Jupiter me manque de foi,
Ses ardeurs sont bannales ;
L'ingrat ne ressent plus pour moi
De flammes conjugales.
Demons, pour servir mon courroux,
Apprêtez vôtre rage ;
Portez d'inévitables coups
Sur celle qui m'outrage.

S C E N E I X.
Les DEMONS.

I. DEMON.
Nous obéïssons à ta voix ;
L'Enfer est soûmis à tes Loix,
Lon lan la derirere,
Grande Déesse nous voici,
Lon lan la deriri.

II. DEMON.
Nous nous complaisons dans le mal,
Autant qu'un Fermier general,
Lon lan la, &c.
Autant que les Traitans aussi,
Lon lan la, &c.

III. DEMON.
Nos Camarades les Lutins,
Cachez dans des corps feminins,
Lon lan la, &c.
Bien souvent font charivari,
Lan lan la, &c.

IV. DEMON.
Enfin que te plaît-il de nous ?
Faut-il rendre un Suisse jaloux ?
Lon lan la, &c.
Faut-il tromper un bon mari,
Lon lan la, &c.

SCENE X.

JUPITER.

Junon jalouse, à mon Ynache,
A fait present de ce museau ;
Afin, je pense, qu'étant Vache,
Elle n'accouchât que d'un Veau.

Le CHOEUR.

Quand un Epoux est inconstant
    Ici-bas dans la France,
Sa femme s'y prend autrement
    Pour en tirer vengeance :
Tandis que Monsieur à Passis
    Danse avec sa Climene,
Madame & son Amant Tyrsis
    S'ébattent dans Vincenne.

JUPITER.

Il vous faut un Taureau,
Puisque vous êtes Vache :
Je me meurs, cher Ynache,
Ah ! je suis tout en eau,
Il vous faut un Taureau.

Fin du premier Act.

ACTE II.

SCENE I.

JUPITER, MERCURE.

JUPITER.

Souverain abſolu des Cieux,
Mon tonnerre eſt craint en tous lieux ;
Mais avec ma toute puiſſance,
Helas ! je ne ſuis qu'un oyſon ;
Et ma femme, ſans bienſeance,
Eſt la maîtreſſe à la maiſon.

La Belle dont j'étois feru
Eſt un animal incongru ;
Cette Nymphe à preſent pâture
Tout auprès d'Argus le Vacher :
Déguiſes-toi, mon cher Mercure,
Va lui promptement arracher.

Pour l'endormir tu chanteras
Les airs des nouveaux Operas,
Triolets, ou bien Ritournelles ;
Mais je me trompe on n'en fait plus ;
Au défaut des chanſons nouvelles,
Chantes-lui des Lanturelus.

MERCURE.

Le son d'une douce Musette
N'égale pas celui de l'or ;
Il n'est point d'Argus, ni Soubrette,
A son aspect qui tienne encor.

SCENE III.
ARGUS.

SCENE IV.

ARGUS, BERGERS & BERGERES.

La Nymphe Io nous met en peine ;

Les BERGERS.

La Nymphe Io nous met en peine,
Nous nous lassons de la chercher ;
Répondez-nous, divin Vacher,
Est-elle dans la plaine ?

ARGUS.

La Nymphe qui vous inquiéte
Est cette Vache que voici ;
Junon jalouse traite ainsi
Une flamme indiscrette.

Les NYMPHES.

Pleurons, pleurons, pleurons son sort funeste,
De nos sanglots faisons tout retentir ;
N'aimons jamais, l'amour est une peste,
Heureuse, helas ! qui peut s'en garantir.

Les BERGERS.

Dans le Tartare où Megere se cache,
Ce châtiment paroît imaginé :
Quoi, pour si peu devenir une Vache !
Quoi, pour avoir une fois badiné !

SCENE V.

MERCURE.

Malgré tous les soins jaloux
D'une Déesse trop dure ;
Enfin la Vache est à nous,
Ture lure,
Je la tiens par l'encolure,
Robin ture lure lure.

JUNON.

Ici-bas, indigne Maraud,
Tu pousses la fleurette,
Tandis que je souffre là-haut
Une affreuse disette :
Si quelqu'un de moi
Vouloit faire emploi,
Tu porterois un aigrette.

JUPITER.

Je te demande bien pardon,
Ma tres chere Junon, [bis
Et je te promets que ce soir
Je ferai mon devoir.

S C E N E   V I.

JUPITER.

Pour que dans ce lieu de faveur,
    Rien ne me semble difforme,
A cette Nymphe qui fait peur,
    Rends la premiere forme,
Si tu veux que mes tendres soins
    Cette nuit soit sans bornes,
Ma Mignone, ôte lui du moins
    Et la queuë & les cornes.

JUNON.

Je t'accorde tout, beau Camus,
Et même je vais faire plus,
Par grace singuliere, eh bien,
Qu'elle paroisse entiere,
    Tu m'entens fort bien.

ARGUS.

Qu'une femme soit en courroux,
    Tempête & fasse rage,
Avec deux ou trois mots l'Epoux
    Peut appaiser l'orage,
      Toûjours avec soy
    Il porte de quoy
Faire la paix du Menage.

I O.

Je ne convenois qu'aux beuveurs
De lait, & d'eau de Mille fleurs,
Mais me voila remise, eh bien,
J'ay d'autre marchandise,
    Vous m'entendez bien.

MOMUS.

À Paris s'il arrivoit
Telles metamorphoses,
Que de Vachers il faudroit ?
Et combien on y verroit
De choses, de choses, de choses ?

LE CHOEUR.

Chantons la gloire d'Ynache,
Chantons les feux de Jupin,
Rien n'est si charmant qu'Ynache,
Rien n'est si beau que Jupin,
Chantons Ynache,
Chantons Jupin ;
Le joli Jupin aime bien Ynache,
La gentille Ynache aime bien Jupin.

CHOEUR.

Après avoir été Vache,
Et vû la feüille à l'envers,
On verra la belle Ynache
Manger là-haut des poids verds.
Chantons Ynache,
Chantons Jupin, &c.

FIN.

AVEC PERMISSION.

De l'Imprimerie de GILLES LAMESLE,
rue du Foin, à Paris, 1718.

www.ingramcontent.com/pod-product-compliance
Lightning Source LLC
LaVergne TN
LVHW050256030726
842520LV00006B/2400